MONIKA SCHEIBL

Die wahre Geschichte
eines kleinen Herzens

Bilder von MONIKA SCHEIBL

Be&Be-Verlag: Heiligenkreuz 2016
ISBN 978-3-903118-07-2

Gestaltung: Augsten Grafik
Printed in EU 2016.

Be&Be

Heiligenkreuz im Wienerwald
www.bebeverlag.at
www.klosterladen-heiligenkreuz.at

Direkter Vertrieb:
Klosterladen Stift Heiligenkreuz
A-2532 Heiligenkreuz im Wienerwald
Tel. +43 2258 8703-400
E-Mail: bestellung@klosterladen-heiligenkreuz.at
Homepage: www.klosterladen-heiligenkreuz.at

Ich widme dieses Buch meiner Schwester Michaela:
„Ich hab durch dich schon oft die Barmherzigkeit Gottes erfahren dürfen."

Dieses Buch ist für alle Kinder Gottes geschrieben.

Der fettgedruckte Text *ist zum Vorlesen gedacht und zwar für die Kinder unter uns, die nicht lesen können.*

In dieser Geschichte geht es nicht um die äußere Gestalt unseres Herzens, sondern um dessen geistige Wirklichkeit, die weit über das Sichtbare hinausgeht. Unser Herz ist dazu geschaffen unendlich geliebt zu werden und zu lieben. Nichts kann den Hunger unseres Herzens stillen, nur Gott. *Dieses geistige Herz ist das Zentrum unseres Lebens. Die unendliche Tiefe unseres Herzens ist der Grund für unsere Unersättlichkeit, der Grund warum wir enttäuscht werden, perfekt sein wollen, nicht genug bekommen können, eifersüchtig und neidisch sind, um uns selbst kreisen und zornig werden.*

Das ist das „Herz Gottes“. Es ist Liebe und Barmherzigkeit. Seine Barmherzigkeit ist wie Milch und Honig für unser Herz. Er ist immer da[1], für jeden[2] und für mich ganz persönlich[3]. Das heißt: „Gott liebt uns wie ein Vater und eine Mutter zugleich.“ *Er schenkt Frieden, kommt auf uns zu und lässt erkennen. Er vertraut und macht vertrauenswürdig[7]. Er überfordert nicht[8] und fordert heraus[9]. Er vergibt uns[10], lehrt uns[11], macht lebendig[12], ist souverän[13], heilend[14], anziehend[15], fest[16], stark[17] und befreiend[18]. Seine Barmherzigkeit lässt durchatmen, lässt wachsen, zerbricht nicht … und löscht nicht aus.*[19]

Hier ist nun das kleine Herz, die Hauptfigur unserer Geschichte. Das kleine Herz sitzt in der barmherzigen Liebe Gottes, es fühlt sich rundherum wohl und ist so erfüllt, dass es sogar selbst Barmherzigkeit ausstrahlt! Plötzlich kommt dem kleinen Herzen ein

Gedanke: „Ach, bin ich schön!“ Der Gedanke ist gut. Jedoch lässt sich das kleine Herz davon ablenken und beginnt sich selbst zu betrachten. Je mehr es sich selbst betrachtet, desto weniger gut kann das kleine Herz sich selber sehen und es fängt an zu schielen.

Es fällt ihm schwer sich richtig zu sehen. In seiner Not beginnt es nun, sich um sich selbst zu drehen. Mit aller Kraft versucht es seine Schönheit wieder zu entdecken. Da wird ihm übel und es wird unsicher, denn es bemerkt stattdessen seine schwarzen Flecken.

Das kleine Herz fühlt sich nun nur noch klein und hässlich. Schließlich liegt es am Boden und macht sich viele Sorgen, es hat Angst *vor seinem eigenen Schatten.*

Das kleine Herz ist noch kleiner geworden und das, obwohl es in den Strahlen der Liebe Gottes sitzt. Wie kann es so klein und traurig sein? *Warum hilft Gott nicht?*

Hier sieht man das Innenleben des kleinen Herzens: Wenn es verschlossen ist, sammeln sich Schmutz, Staub und Ungeziefer, dann wird das kleine Herz schwer.[20]

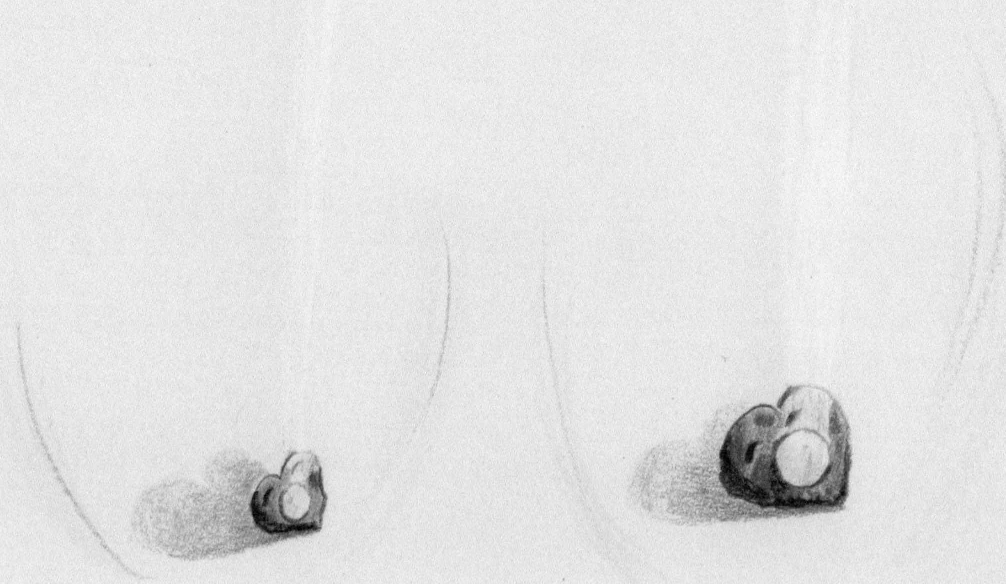

Da kommt dem kleinen Herzen die rettende Idee, es muss sich für die Liebe Gottes öffnen. Wenn es seinen Mund öffnet, kann es die Barmherzigkeit in sich aufnehmen. *Das ist nicht anstrengend, es überlässt sich einfach Gott und vertraut ihm. Wie ein Kind, das in sicheren Armen einschläft.*

Wenn sich das kleine Herz öffnet und die Liebe Gottes kostet, ist es nicht mehr zu stoppen. Es saugt sich satt wie ein hungriges Baby. Die Liebe Gottes füllt es auf, das kleine Herz wächst und wächst, langsam bekommt es wieder Farbe.

Wenn es offen ist, reinigen die Strahlen der Barmherzigkeit das kleine Herz, sie putzen es durch, heilen, befreien und machen es neu. Dem kleinen Herzen wird es ganz warm, es fühlt sich sicher und geborgen.

Es kommt ihm vor, als hätte es Flügel, es fühlt sich immer leichter und fliegt zum Herzen Gottes, *der Quelle der Barmherzigkeit.*[21]

Da entdeckt das kleine Herz ein anderes Herz, das höher schwebt, obwohl es größere dunkle Flecken hat, als es selber. *Da beginnt es zu vergleichen und zu verurteilen.*

Wieder wird es grün, aber diesmal vor Neid. Verzweifelt denkt das kleine Herz: „Ich will auch so wichtig und so geliebt sein, aber das werde ich nie.“ *Es verliert jede Hoffnung. Die Wurzel des Neides ist das Gefühl zu kurz zu kommen.*

Als es nun so traurig daliegt, denkt es plötzlich an Gott. Es schüttet seine ganze Trauer vor ihm aus, da ist der Mund des kleinen Herzens wieder offen. *Es hört auf, seinen eigenen Schatten anzustarren und schaut stattdessen auf Gott.*

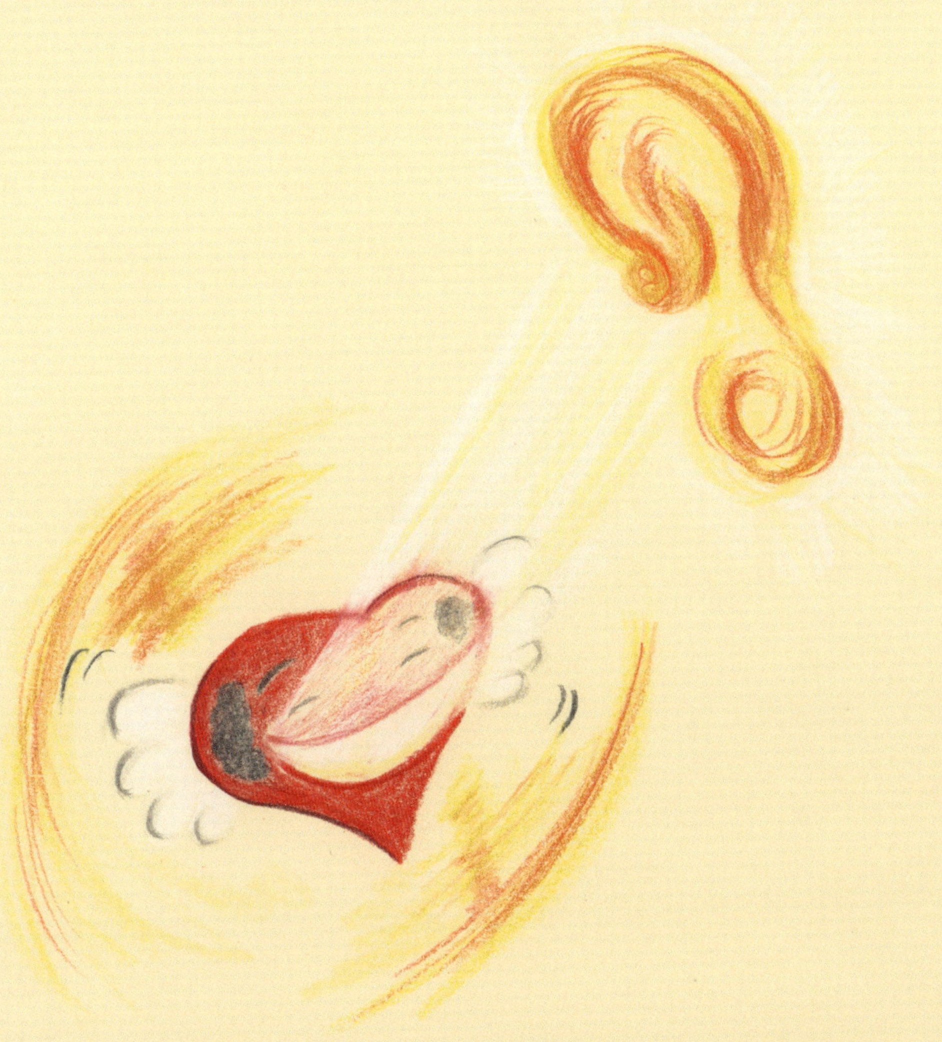

Gott hat ein offenes Ohr für die Not des kleinen Herzens und hört ihm zu. Er versteht es. Da wächst das kleine Herz, wird rot und leicht und sitzt schließlich wieder glücklich im Herzen Gottes. *Er sagt: „Ich stille dein Verlangen."*[22] *So wandelt sich der Neid des kleinen Herzens in neue Hoffnung.*

Dem kleinen Herzen fallen tausend tolle Dinge ein, die es so gerne hätte. Es wird ganz aufgeregt, seine Wünsche werden immer größer! Durch all die Gedanken bekommt es noch mehr Wünsche,

es beginnt ungeduldig auf und ab zu hüpfen. Das kleine Herz wird unzufrieden und ganz unglücklich und bemerkt gar nicht, dass ihm sein Mund schon lange zu gefallen ist. *Schließlich liegt es leer und ausgetrocknet am Boden.*

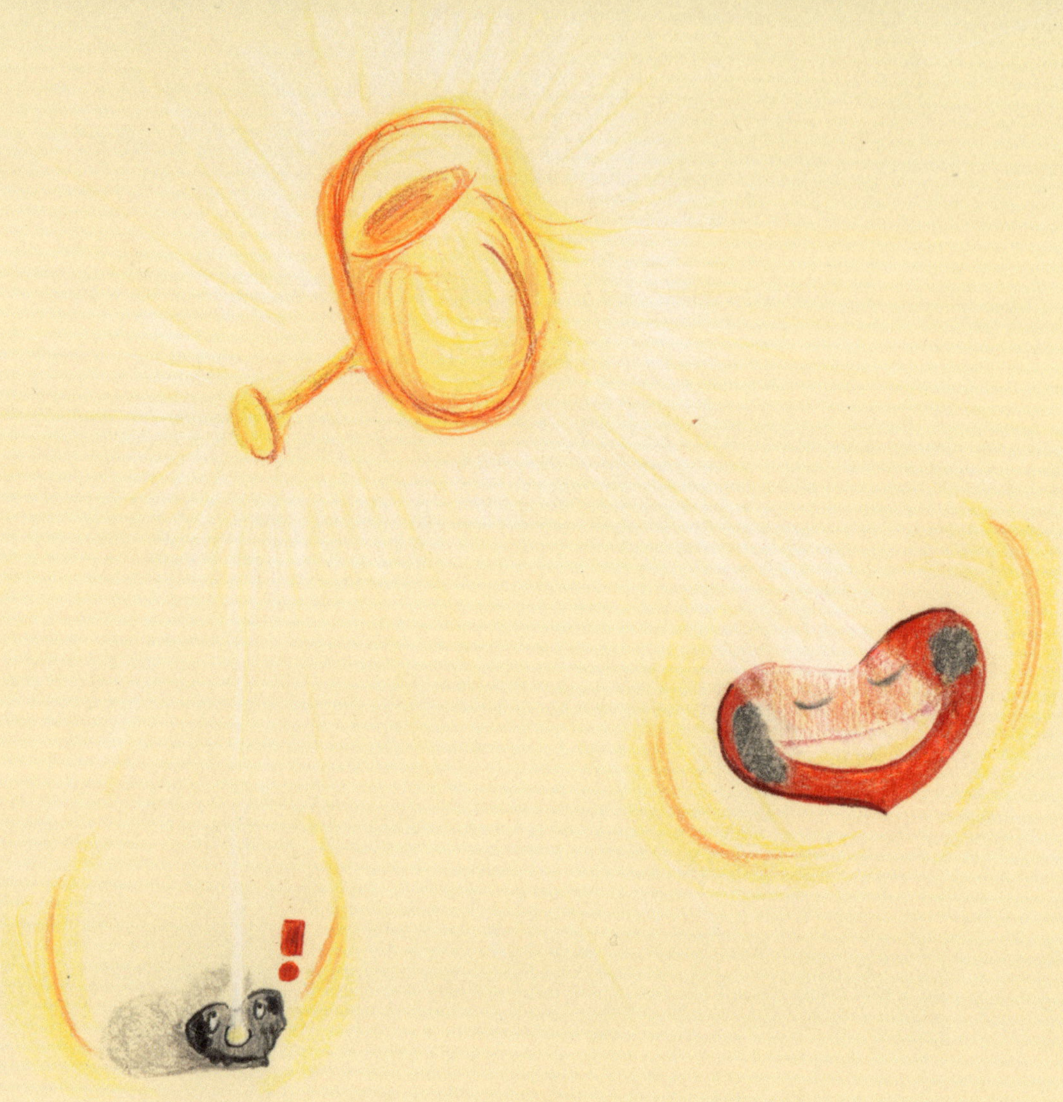

Da erinnert es sich an die Liebe Gottes, es öffnet den Mund. Die Liebe Gottes erfüllt es bis in den letzten kleinen Winkel.[23] Endlich sitzt es wieder glücklich und satt im Herzen Gottes und geht über vor Freude.

Da wird das kleine Herz plötzlich verletzt. Ein anderes Herz, das gerade am Boden liegt, schießt es an. Das kleine Herz versteht nicht warum.

Vor Schreck und Schmerz macht es den Mund zu und starrt auf seine Wunde. Dann wird es so wütend, dass es doppelt so stark zurückschießt, dabei kippt es um und stürzt ab ... Nachdem es lange Zeit zornig und voller Schuldgefühle am Boden gelegen ist,

begegnet es der Güte Gottes. Vor Staunen bleibt ihm der Mund offen, denn Gott hat geduldig gewartet, bis das kleine Herz bereit war, ihn anzuschauen. *Er hilft ihm zu erkennen, wer wirklich hinter der Verletzung steht.*[24] *Das kleine Herz wird klug und weiß nun, gegen wen es seinen Zorn richten muss.*

Da bekommt es Angst. Das kleine Herz meint, dass es ganz alleine für sich selbst sorgen muss. Deshalb denkt es: „Ich will alles für mich! Ich brauch noch mehr!“ Sofort macht es den Mund zu, denn es will sicherheitshalber nichts mehr hergeben, angestrengt hält es den Mund fest verschlossen. Doch weil sein Mund zu ist, kann es auch nichts mehr empfangen. *Es wird immer ärmer und kleiner und liegt schließlich verkümmert am Boden. Seine Angst, nicht sicher genug, nicht geliebt genug, nicht anerkannt genug und nicht wichtig genug zu sein, wird immer größer.*

Da schaut das kleine Herz auf Gott und erkennt, wie er ist.[25] Es entspannt sich, sein Mund geht auf und es wird wieder gefüllt von Gottes barmherziger Liebe. *Gottes Güte ist es, die wärmt und löst. Dadurch wird es erneut zu einem kleinen Herzen, das geben kann, weil es in Überfülle empfängt.*

Das kleine Herz wird müde, es bemerkt nicht, wie es langsam einschläft und ihm dabei der Mund zufällt. Irgendwann liegt es am Boden und weiß nicht, wie es da hingekommen ist, es hat doch nichts gemacht.

Gott kennt das kleine Herz, er weiß, warum es müde geworden ist. Er weckt es auf, fordert es heraus und macht ihm Mut. Da weiß das kleine Herz plötzlich wieder, was es tun muss und öffnet seinen Mund weit. So dauert es nicht lange, bis es wieder glücklich im Herzen Gottes sitzt.

Da überkommt das kleine Herz ein unbändiges Verlangen. Es hat das Gefühl, keine Sekunde länger warten zu können. Das kleine Herz beginnt vor Sehnsucht zu zittern, es ist ganz unglücklich, weil sein Verlangen nicht gestillt wird und beginnt zu fallen ...

… doch mitten im Sturz kommt ihm die rettende Idee.

Es erinnert sich daran, den Mund wieder aufzumachen. Noch bevor es ganz unten landet, wird es von der Liebe Gottes aufgefangen und wieder nach oben gezogen.

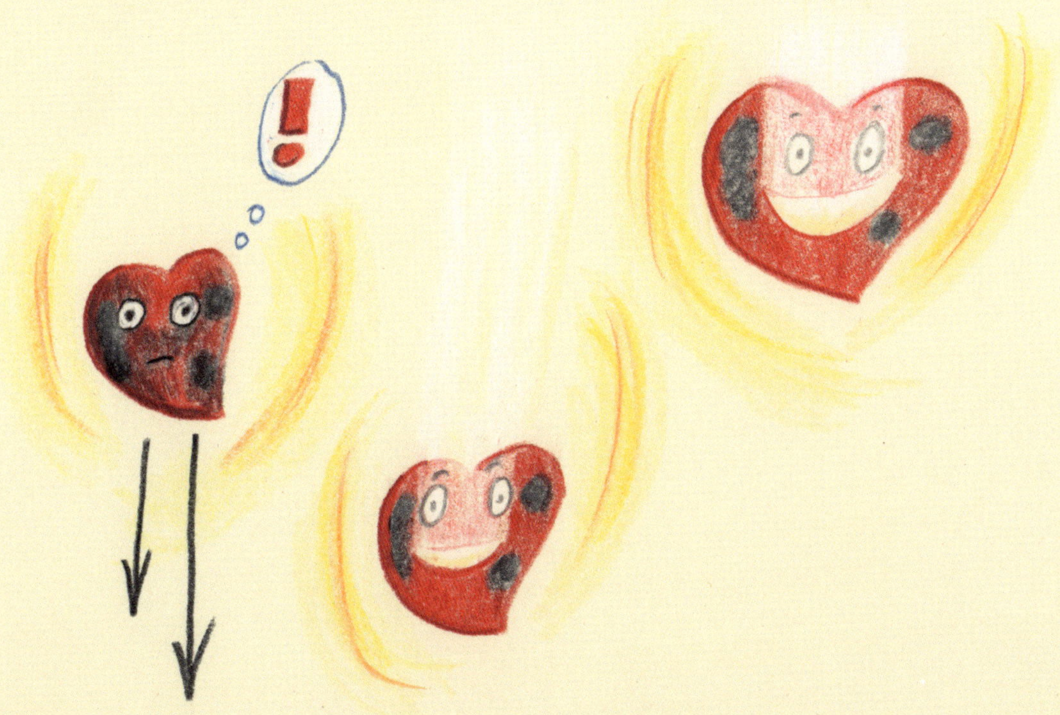

Bei jedem Sturz erinnert sich das kleine Herz schneller daran, den Mund wieder aufzumachen, bis es irgendwann gelernt hat …

… seinen Mund gar nicht mehr zu zumachen, *egal was kommt.*
Die Versuchungen werden nicht weniger und auch nicht anders oder

leichter, nur das kleine Herz lernt, damit so umzugehen, dass es durch sie näher zu Gott kommt.

Dann kommt der besondere Tag, an dem das kleine Herz für immer in die barmherzige Liebe Gottes eintaucht und sie bis in alle Ewigkeit in vollen Zügen genießen kann.

Jetzt geht's erst richtig los!

Du willst jetzt vielleicht wissen, wie man sein Herz dazu bewegen kann, „den Mund“ aufzumachen.

Du brauchst dazu keine besonderen Gefühle, sondern nur ein alt erprobtes Gebet: „Jesus Christus, Sohn Gottes, erbarme Dich meiner!“ Ob du’s merkst oder nicht: „Plopp“! Dein Herz ist offen, und Gottes Barmherzigkeit beginnt dich zu erfüllen.

Keine Sorge, wenn du nicht gleich eine Änderung in deinem Herzen und in deinem Leben bemerkst, das ist normal, denn es braucht manchmal viele Barmherzigkeitsstrahlen, bis sich etwas tut. Nur Mut, Geduld und Mund auf!

Das Gute ist, Gottes Barmherzigkeit ist ohne Maß und Grenzen. Seiner Liebe haben wir alles zu verdanken und sie kann uns immer und überall geschenkt werden. Nur Gottes barmherzige Liebe kann unsere unstillbare Sehnsucht füllen. Er sehnt sich danach, dein Herz zu erfüllen. Joh. 10,10

Bibelstellen zum Buch

1 Ex. 3,14 *„Da antwortete Gott dem Mose: Ich bin der ‚ich bin da'."*

2 Mt. 15,37 *„Und alle aßen und wurden satt."*

3 Mt. 9,9 *„Als Jesus weiterging, sah er einen Mann am Zoll sitzen und sagte zu ihm: Folge mir nach!"*

4 Joh.8 ,10 u 11 *„Er richtete sie auf und sagte zu ihr: Hat dich keiner verurteilt? Auch ich verurteile dich nicht ..."*

5 Joh. 4,7 *„Jesus sagte zu ihr: Gib mir zu trinken!"*

6 Joh. 20,28 *„Thomas antwortete ihm: Mein Herr und mein Gott"*

7 Lk. 19,6 *„Da stieg er schnell herunter und nahm Jesus freudig bei sich auf."*

8 Mt. 11,28 *„Kommt alle zu mir, die ihr euch plagt und schwere Lasten zu tragen habt. Ich werde euch Ruhe verschaffen."*

9 Joh. 21,15 *„Simon, Sohn des Johannes, liebst du mich mehr als diese?"*

10 Lk. 23,34 *„Jesus aber betete: Vater, vergib ihnen, denn sie wissen nicht, was sie tun."*

11 Mt. 8,23 *„Er stieg aus dem Boot und seine Jünger folgten ihm."*

12 Joh. 11,43 *„Lazarus, komm heraus!"*

13 Mt. 22,21 *„So gebt dem Kaiser, was dem Kaiser gehört, und Gott, was Gott gehört!"*

14 Mt. 8,16 *„Er trieb mit seinem Wort die Geister aus und heilte alle Kranken."*

15 Mt. 14,13 *„Aber die Leute in den Städten hörten davon und gingen ihm zu Fuß nach."*

16 Mt. 16,23 *„Weg mit dir, Satan, geh mir aus den Augen!"*

17 Mt. 4,11 *„Darauf ließ der Teufel von ihm ab, und es kamen Engel und dienten ihm."*

18 Mt. 5,3 *„Selig, die arm sind vor Gott;/ denn ihnen gehört das Himmelreich."*

19 Jes. 42,3 *„Das geknickte Rohr zerbricht er nicht,/ den glimmenden Docht löscht er nicht aus;"*

20 Mt. 15,19 *„Denn aus dem Herzen kommen böse Gedanken, Mord, Ehebruch, Unzucht, Diebstahl, falsche Zeugenaussagen, Verleumdung."*

21 Jes. 40,31 *„Die aber, die dem Herrn vertrauen, / schöpfen neue Kraft, / sie bekommen Flügel wie Adler. Sie laufen und werden nicht müde, / sie gehen und werden nicht matt."*

22 Ps. 23,3 *„Er stillt mein Verlangen;/ er leitet mich auf rechten Pfaden, treu seinem Namen."*

23 Ps. 23,5 *„Du deckst mir den Tisch/ vor den Augen meiner Feinde."*

24 Eph. 6,12 *„Denn wir haben nicht gegen Menschen aus Fleisch und Blut zu kämpfen."*

25 Ps. 23,1 u 2 *Der Herr ist mein Hirte,/ nichts wird mir fehlen. Er lässt mich lagern auf grünen Auen/ und führt mich zum Ruheplatz am Wasser.*

Zur Autorin

Monika Scheibl ist Steirerin, sie engagiert sich in der Loretto Gemeinschaft und ist seit einigen Jahren mit Leib und Seele Religionslehrerin. Nebenbei zeichnet sie immer wieder mal Comics und so ist auch dieses Buch entstanden. Monika hat es im Rahmen von Schweigeexerzitien für sich selbst gezeichnet, um die Barmherzigkeit Gottes besser zu verstehen. Sie hat durch das Buch entdeckt, dass es nur darum geht, ein offenes Herz für Gott zu haben, alles andere fügt sich dann von selbst. Es wäre eine Riesenfreude, wenn die Geschichte des kleinen Herzens auch anderen dabei helfen könnte, mehr von Gottes Barmherzigkeit zu entdecken, meint sie.